나야, 나! 뱀꼬리야

나야, 나! 뱀꼬리야

니노미야 유키코 글 | 아라이 료지 그림 | 노래하는나무 옮김

뱀 꼬리는 무척 따분했어요.

몸통이 아까부터 제자리에서 꼼짝도 하지 않았거든요.
"도대체 뭘 하는 거람? 왜 멈춘 거야?"
목을 길게 빼어 이리저리 살폈지만 머리가 무엇을 하는지
도통 볼 수 없었어요.

뒤에서 억지로 밀고 일부러 크게 소리를 지르기도 했지만,
몸통은 도무지 앞으로 움직일 낌새를 보이지 않았어요.
이럴 땐 자기가 꼬리라는 게 속상해져요.
"왜 나만 늘 뒤에 있어야 해?"

꼬리도 머리처럼 몸통을 끌고 앞으로 나가보고 싶었어요.
혓바닥을 '쉭쉭' 날름거리며 누군가를 겁주고도 싶었고요.
하지만 아무도 꼬리를 보고 피하거나 무서워하지 않았어요.

어쩌다 누군가 말을 걸어올 때도 있어요.
하지만 다들 "뭐야? 꼬리잖아? 머리인 줄 알았네." 하며
부랴부랴 머리 쪽으로 가 버렸어요.

꼬리는 머리를 부러워하고 존경했어요.
하지만 머리가 꼬리를 돌아보며 말을 건 적은
단 한 번도 없었어요.
머리는 아마 꼬리가 있다는 것도 모를 거예요.

아무도 꼬리에게 관심을 갖지 않았어요.
꼬리가 속으로 무슨 생각을 하는지 알려고 하지도
않았어요.

쉭~ 쉭~

"아, 심심해."

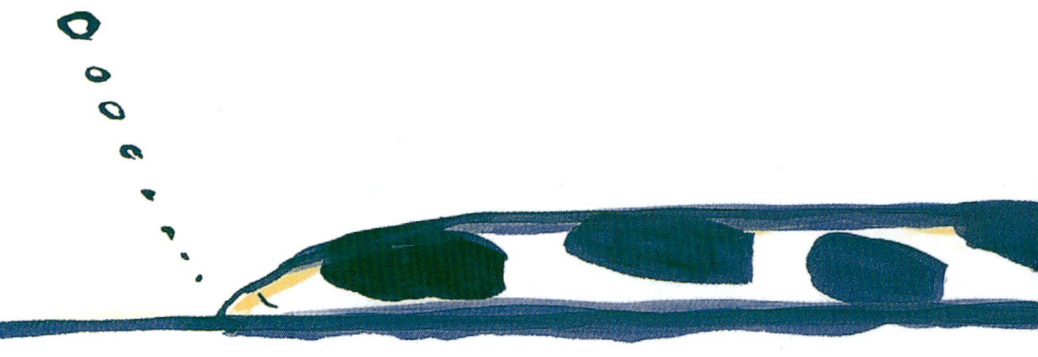

꼬리는 머리 쪽을 힐끔거리다
옆에 핀 민들레꽃을 바라보았어요.
금빛 민들레꽃이 무척 아름다웠어요.

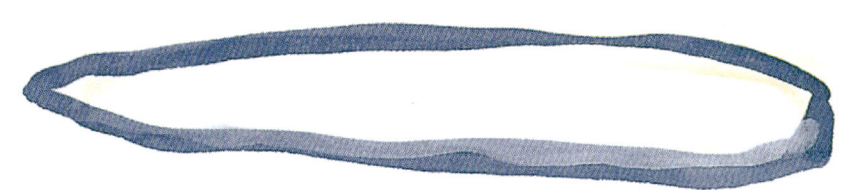

꼬리는 민들레꽃과 친구가 되고 싶었어요.
그래서 목을 쑥 빼고 은색과 초록색 비늘을 반짝이며
민들레에게 공손히 인사했어요.

"안녕하세요? 저는 뱀 꼬리에요. 만나서 반가워요."
그런데 그 순간 몸통이 앞으로 휙 움직였어요.

"안녕하세요? 정말 예의 바른 분이네요."
이렇게 대답한 것은 수영꽃이었어요.
수영꽃은 민들레꽃보다 작고 그다지 예쁘지 않았어요.
하지만 수영꽃은 목소리도 상냥하고
눈매도 민들레꽃보다 왠지 더 다정해 보였어요.

*수영꽃은 여뀌과의 여러해살이 풀이예요.

'예쁘진 않지만 민들레꽃보다 착한 것 같아.'
뱀 꼬리는 속으로 생각했어요.

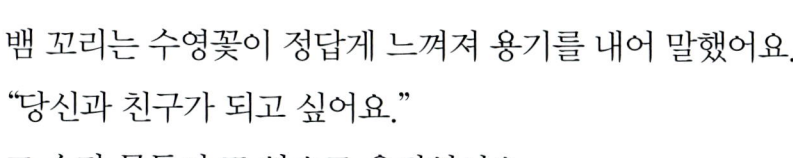

뱀 꼬리는 수영꽃이 정답게 느껴져 용기를 내어 말했어요.
"당신과 친구가 되고 싶어요."
그 순간 몸통이 또 앞으로 움직였어요.

친구가
되고 싶
어, 어

"뭐? 나와 친구가 되고 싶다고? 싫어."
똥이 말했어요.
똥은 이상한 냄새를 풍겼어요.
색도 누렇고 생김새도 흉했어요.

뱀 꼬리는 똥이 별로 마음에 들지 않았어요.
그런데 어쩐지 똥이 가엾다는 생각이 들었어요.
곰곰이 생각해 보니, 자기도 첫인상이
그렇게 좋은 편은 아닌 것 같았어요.

뱀 꼬리는 똥에게 말했어요.
"서로 이야기를 나누다보면, 닮은 점이 많을지도 모르잖아."
이 말은 뱀 꼬리가 자신을 타이르기 위해 한 말이기도
했어요.

그런데 그때 몸통이 앞으로 조금 움직였어요.
"뭐? 너랑 나랑? 농담 하냐?"
데구르르 굴러가던 빈 깡통이 대답했어요.

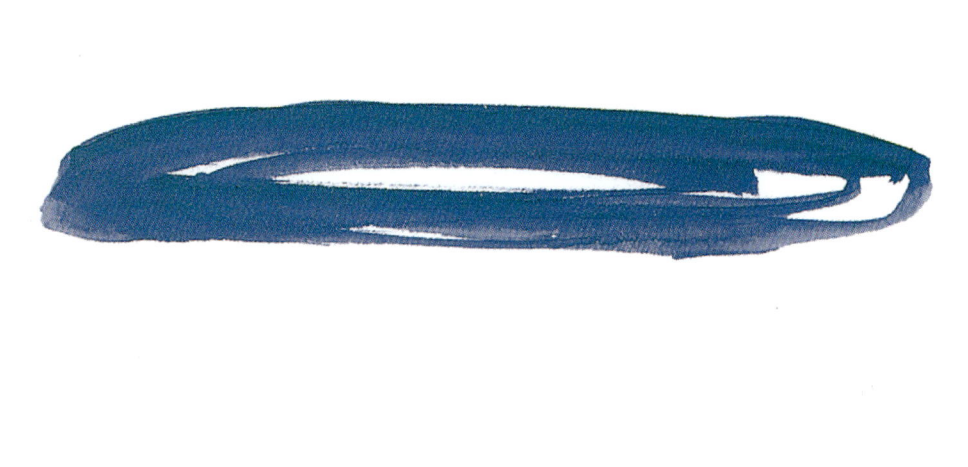

이 깡통은 조금 전까지 한 아이의 손에 있었어요.
그 아이는 주스를 마시느라
이 깡통을 두 손으로 꼭 감싸 쥐었어요.
그래서 깡통은 자기가 무척 중요한 줄 알고,
한껏 거드름을 피웠어요.
이제 쓸모가 없어져 버림을 받았는데도,
깡통은 꼬마가 다시 자기를 찾으러 올 거라고
믿고 있었어요.

깡통이 어찌나 잘난 척을 하는지,
마음 착한 뱀 꼬리도 그만 화가 치밀었어요.
"너도 나처럼 혼자서는 아무데도 못 가잖아."

뱀 꼬리가 씩씩거리며 대꾸하는 순간,
또 몸통이 앞으로 조금 움직였어요.

그때 누군가

"아냐. 나도 혼자서 유치원에 갈 수 있어. 난 이제 언니니까."
하고 대답했어요.
방금 전 빈 깡통을 버린 아이였어요.

아이는 손을 뻗어 뱀 꼬리를 꽉 잡았어요.
뱀 꼬리는 몸을 구부리며 무서운 표정을 지었어요.
하지만 아이는 아무렇지도 않게 뱀 꼬리를 집어 올리더니
세게 움켜쥐었어요.

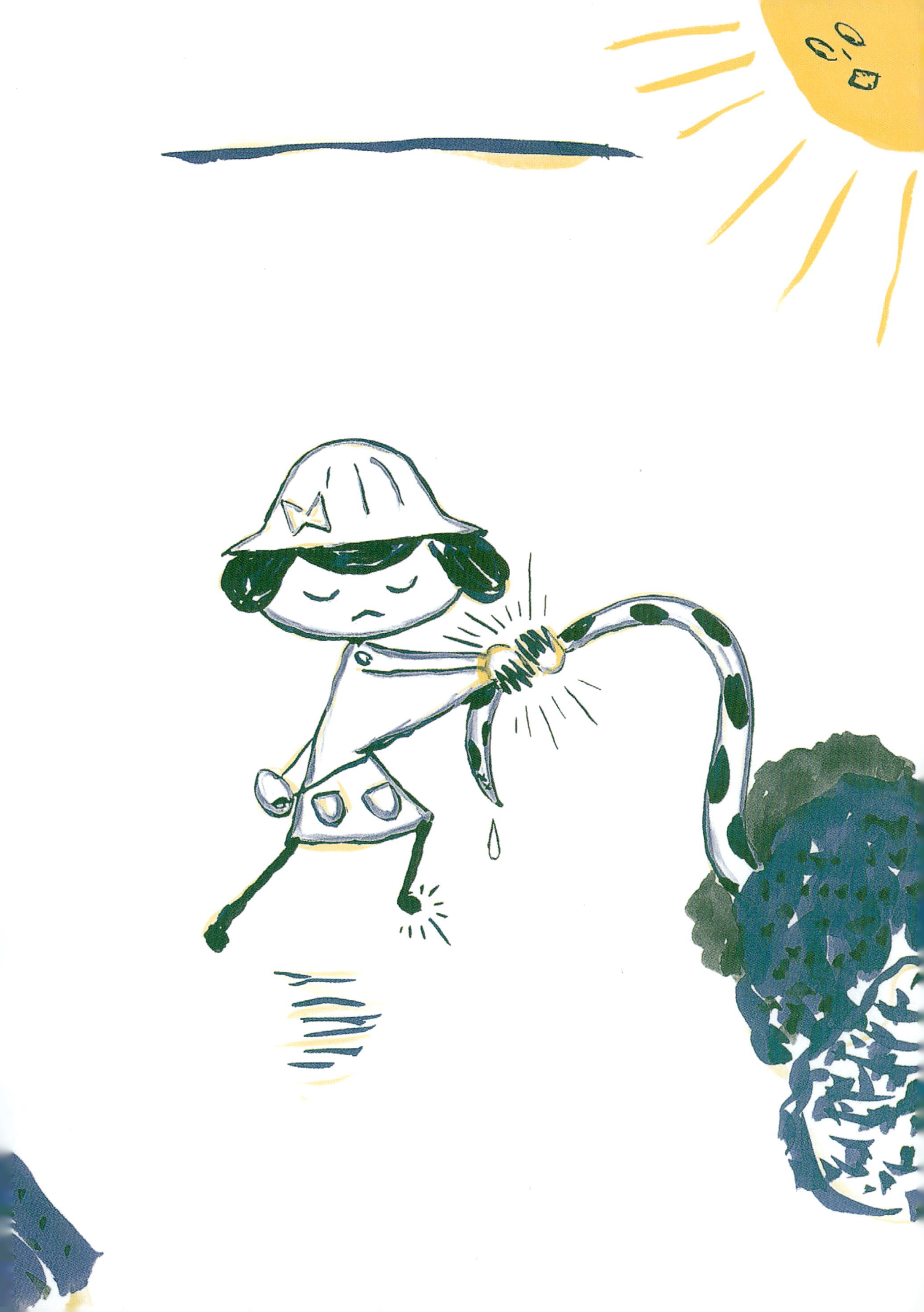

"아야, 아야……. 언니가 됐으면 더 착해져야지!"
그때였어요.
몸통이 갑자기 앞으로 휙 움직이는 바람에,
아이의 손에서 꼬리가 쑥 빠졌어요.

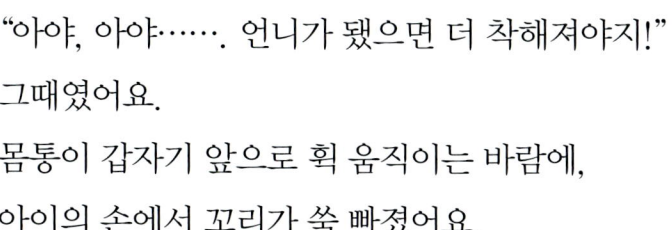

"언니라니, 친한 척하지 마!"
고운 하늘색 나비가 말했어요.

나비는 새침한 표정을 지으며 뱀 꼬리를 내려다보았어요.
마침 나비는 꽃에게 세상에서 자기가 가장 예쁘다고
자랑을 늘어놓던 참이었어요.
나비는 '이런 뱀 꼬리 따위가 내게 말을 걸다니,
이건 내 아름다움에 대한 모욕이야.'
하고 생각했어요.

뱀 꼬리는 쌀쌀맞고 거만한 나비를 보며 말했어요.
"네가 암만 예뻐도, 너랑 친구가 되고 싶진 않아."
바로 그때, 또 몸통이 앞으로 움직였어요..

"누구와 친구가 되고 싶지 않다고?"
무시무시한 소리의 주인은 새까만 거미였어요.
거미는 눈을 번쩍번쩍 번득였어요.
"아, 아뇨, 당신에게 말한 게 아니에요."
뱀 꼬리는 몸을 잔뜩 웅크리며 대답했어요.
그때 또 몸통이 앞으로 움직였어요.
겁 많은 뱀 꼬리에게는 정말 다행이었죠.

"거짓말. 날 흉본 게 틀림없어. 그렇지?"
달팽이가 축축한 잎사귀 뒤에서 중얼거렸어요.

얼핏 보니 달팽이는 몸을 바들바들 떨며
풀죽은 표정을 짓고 있었어요.
모두들 시도 때도 없이 달팽이를 괴롭히나 봐요.

나를 흉본 게 틀림없어!

"아냐. 내가 네 흉을 볼 리 없잖아.
널 만난 건 오늘이 처음인데 말야."
뱀 꼬리는 열심히 달팽이를 달랬어요.
그런데 그 사이에 몸통이 또 앞으로 움직였어요.

"이런, 날 몰라보는 거야? 벌써 세 번째 만나는 건데."
데굴데굴 굴러가던 솔방울이 이렇게 말했어요.

뱀 꼬리는 솔방울을 만나 기뻤어요.
"물론 기억하고말고. 오랜만이야. 지난번엔 무척 즐거웠어.
하하하."

뱀 꼬리가 큰 소리로 웃고 있는 사이에도
몸통은 자꾸자꾸 앞으로 나아갔어요.

문득 정신을 차리자,
조금 떨어진 소나무 가지에서 말소리가 들렸어요.
"저것 봐. 아까부터 뱀 꼬리가 혼자서 웃고 있어."
"야! 너, 바보지."
비둘기 두 마리가 뱀 꼬리를 내려다보며 입방아를 찧었어요.

뱀 꼬리는 창피해서 고개를 들 수 없었어요.
그래서 뱀 꼬리는 그때부터 매우 진지한 표정을 지으며
입을 꼭 다물었어요.
그 사이에도 몸통은 계속 앞으로 나아갔어요.

그런데 어디선가 왁자지껄 떠드는 소리가 들렸어요.
"어머, 안됐다. 저것 좀 봐. 뱀 꼬리와 같이 가네."
"정말, 새침 떼는 것 봐. 꼬리 주제에."
"그래도 뱀 꼬리라고 뻐기는군."

개미들이 뱀 꼬리 옆으로 나란히 지나가며 한 마디씩 했어요.

꼬리는 깜짝 놀랐어요.

한 번도 뱀 꼬리라고 으스댄 적 없는데…….

하지만 남의 눈에는 그렇게 보였던 걸까요?

"나, 뻐긴 적 없어."
당황한 꼬리는 울먹울먹하며 소리쳤어요.
몸통은 꼬리를 끌고 개미 옆을 지나쳤어요.

"저런, 다 큰 애가 왜 징징 짜는 거야?"
붕어빵 꼬리가 말을 걸었어요.

붕어빵 꼬리는 방금 멋쟁이 아가씨에게 버림을 받았어요.
"어머, 이 붕어빵은 꼬리에 팥고물이 없잖아."

하지만 붕어빵 꼬리는 실망하지 않았어요.
씩씩한 붕어빵 꼬리는 혼자서라도 굳세게 살아야겠다고
결심했어요.

뱀 꼬리는 처음에 이것이 무엇의 꼬리인지 몰랐어요.
하지만 그 꼬리에서 풍기는 부드럽고 달콤한 향기에
마음이 끌렸어요.
뱀 꼬리는 혼자서도 열심히 살려는 친구의 모습을 보며,
'나도 이렇게 살면 아무도 날 욕하지 않을 거야.'
하고 생각했어요.

뱀 꼬리는 한숨을 쉬며 이렇게 말했어요.
"나도 너처럼 혼자만의 인생을 살고 싶어······."

그 사이에도 몸통은 꼬리를 스륵스륵 앞으로 끌고 갔어요.
"누구처럼 되고 싶다고?"
까마귀가 점잔 빼는 얼굴로 대꾸했어요.
이 까마귀는 남에게 설교하기를 무척 좋아했어요.

"남을 부러워하기만 하면 제대로 된 인생을 살 수 없어.
차라리 자기 발밑을 찬찬히 바라보면서,
지금보다 조금이라도 더 앞으로 나아가려면
어떻게 해야 좋을까 생각해 봐."

그래서 뱀 꼬리는 자신의 발밑을 뚫어지게 바라보았어요.
하지만 바짝 마른 모래알만 보였어요.
뱀 꼬리는 지금보다 조금이라도 앞으로 나아가려면
어떻게 해야 좋을까 생각했어요.
그런 생각을 하는 동안에도,
뱀 꼬리는 스륵스륵 앞으로 끌려가고 있었죠.

"이렇게 가만히 끌려가기만 해도
앞으로 나아가니 편안할걸.
생각하지 않아도 앞으로 쑥쑥 갈 수 있잖아."
뱀 꼬리는 감동한 듯 이렇게 말했어요.

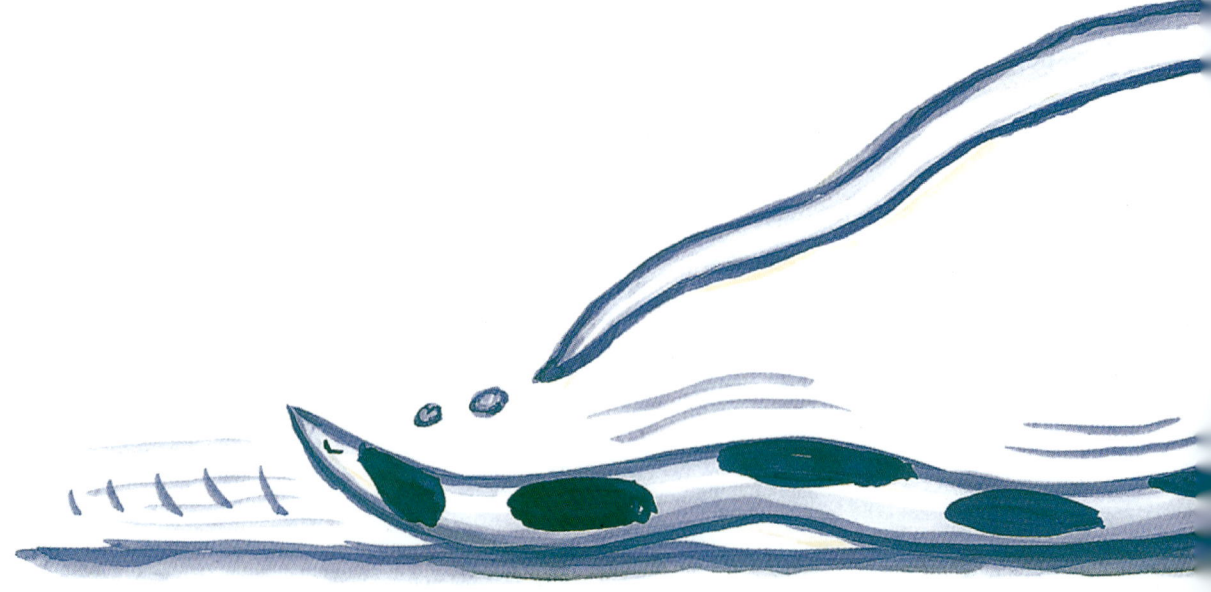

그때 명랑한 목소리가 들렸어요.

"뭐가 쑥쑥이야?"

무당벌레가 뱀 꼬리에게 다가와 말을 걸었어요.

뱀 꼬리는 무당벌레가 반가워 대답을 하려 했지만,

또 몸통이 앞으로 움직이는 바람에 이야기할 틈이 없었어요.

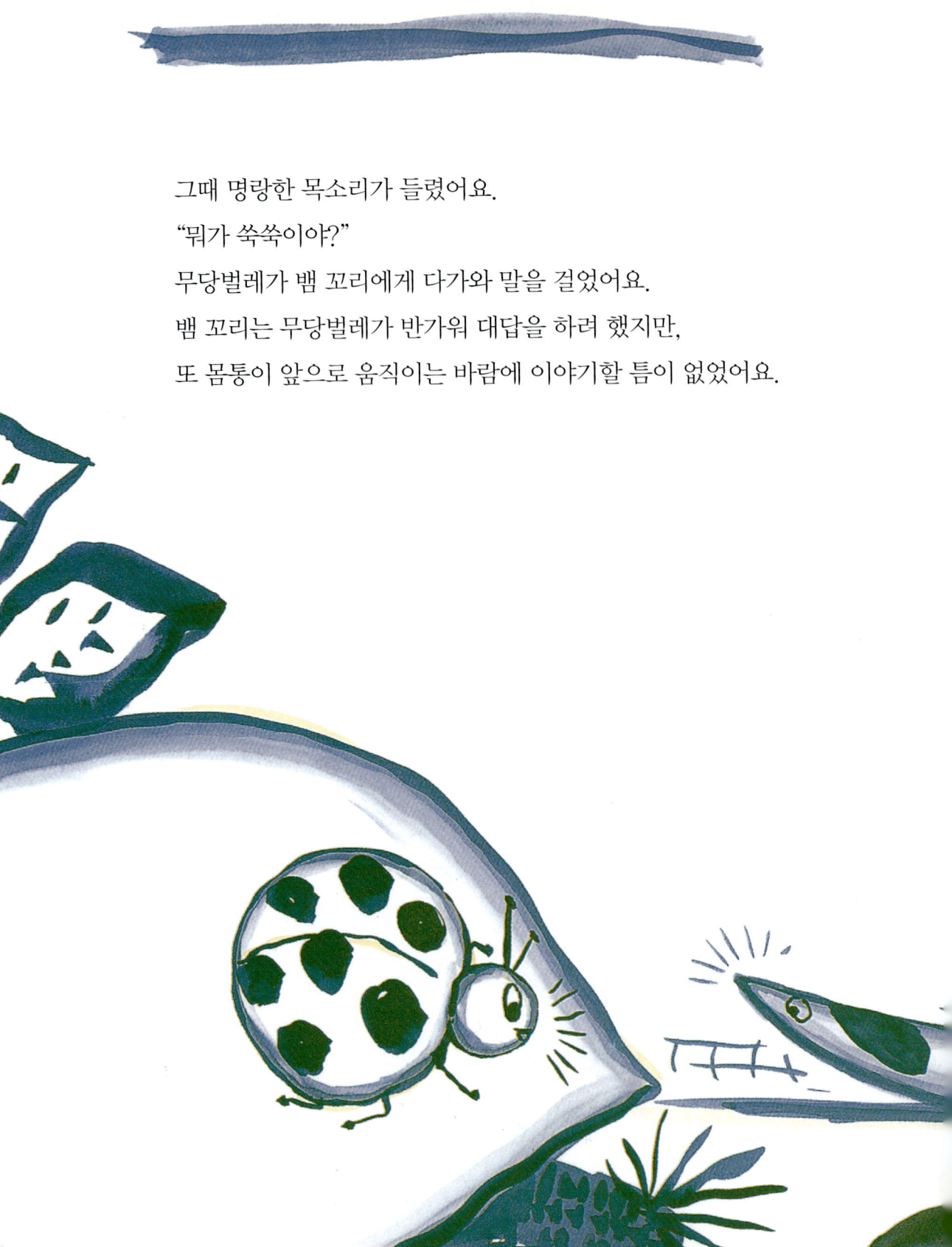

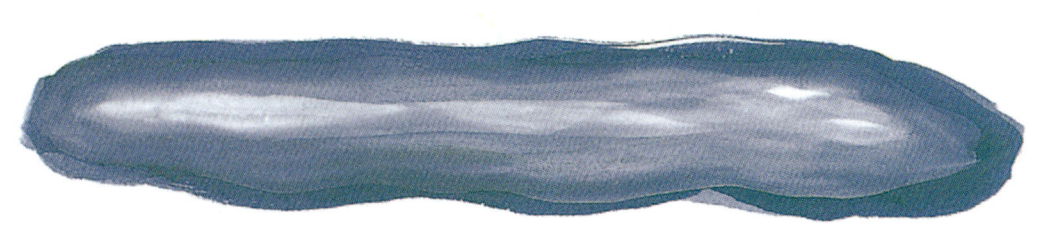

"그렇구나. 멈추고 싶을 때 멈출 수 없다는 게 문제야."
뱀 꼬리는 생각했어요.

지금까지는 빨리 앞으로 가고 싶다는 생각만 했어요.
하지만 제 자리에 오래 있으면 무당벌레와 수영꽃과
심지어 보기 흉한 똥과도 친구가 될 수 있겠죠?
"하지만 멈춘다 해도 걱정이야. 머리에게 야단을 맞겠지?
어쩌면 나만 두고 가버릴지도 몰라."

"누구를 두고 간다고?"

또 뒤에서 누군가의 목소리가 들렸어요.

뒤돌아보니 아까 보았던 무당벌레였어요.

작은 날개를 열심히 파닥이며 꼬리를 뒤따라 왔나 봐요.

"나!"

뱀 꼬리는 무심결에 대답하며 제자리에 섰어요.

그 순간 앞쪽에서 소리가 들렸어요.
"어? 누가 멈춘 거야?"
꼬리가 존경하는 머리의 목소리였죠.
꼬리는 깜짝 놀랐어요. 그리고 몹시 기뻤어요.
꼬리는 깊이 숨을 들이쉬고,

큰 소리로 외쳤어요.
"나야!"

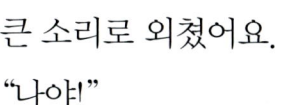

글 · 니노미야 유키코

일본의 오사카에서 태어났습니다. 『방랑자 토끼의 아주 긴 하루』, 『클라크 선생님』 등 여러 작품을 쓰고, 『누가 그 녀석을 잡아줘!』, 『그 후로 오랫동안 행복하게』 등의 여러 외국 그림책을 번역했습니다. 1995년에 일본그림책 상, 그림책번역 상을 수상했습니다.

그림 · 아라이 료지

일본의 산케이 현에서 태어났습니다. 일본대학 예술학부를 졸업하고, 현재 그림책, 잡지, 광고, 무대미술 등 폭넓은 분야에서 활동하고 있습니다. 『거짓말쟁이의 최후』, 『시작』, 『결심』 등에 그림을 그렸습니다.

옮김 · 노래하는나무

아름다운 우리말로 세상과 만나는 어린이, 노래하는나무의 꿈입니다. 옮긴 책에는 『한겨울밤의 탄생』, 『힘내라! 내 동생』, 『오토 코는 납작코래요』, 『안나 덕분에 용기가 생겼어요』, 『인류의 위대한 발명 문자박물관』(전 6권) 등이 있습니다.

지식지혜 시리즈 꿈터 그림책 나야, 나! 뱀꼬리야

초판 2쇄 발행 | 2011년 5월 1일
글 니노미야 유키코 | 그림 아라이 료지 | 옮김 노래하는나무
펴낸이 허경애 | 디자인 정현 | 펴낸곳 도서출판 예원미디어
출판등록일 2004년 6월 16일 | 등록번호제 313-2004-000152호
주소 서울시 마포구 서교동 331-15번지 서정빌딩 403호
전화번호 02-323-0606 | 팩스 02-323-6729 | E-mail yewonmedia@naver.com
ISBN 978-89-91413-13-7

·책값은 뒤표지에 있습니다
·잘못된 책은 구입처에서 바꾸어 드립니다.